アミとミアの
プリンセス・ドレス
にじの国《くに》のきらめくバレリーナ

文／和田 奈津子
絵／七海喜 つゆり

KADOKAWA

まほうのかがみがつながって、
アミとミアは出会《であ》ったの。
おしゃれでかわいいドレスが
大《だい》すきなふたりは、
たんじょう日《び》もいっしょ！
これって、うんめいだよね！

にじの国《くに》へ、どきどきのぼうけんに
行《い》くよ！
ふたりの勇気《ゆうき》とゆうじょうで
おともだちが笑顔《えがお》で
しあわせになるチュチュを作《つく》るから
いっしょに見《み》にいこう！

アミ

おしゃれなドレスの
絵《え》をかくのが大《だい》すき。
夢《ゆめ》はファッション
デザイナーに
なること。

ミア

かがみの国《くに》の
プリンセス。
おさいほうがとくいで、
どんなものでも
作《つく》れちゃう！

妖精《ようせい》たち

空《そら》のまじょのけらい。

空《そら》のまじょ

空《そら》を切《き》りとって布《ぬの》を
作《つく》ることができる。

ナナ

にじの国《くに》・プリズム
王国《おうこく》のプリンセス。
バレリーナ。

ジュエル

おしゃれが大《だい》すきな
モンスター。

1 かがみの国《くに》のドレスショップ

かがみの国《くに》の町《まち》はずれに
小《ち》さなかわいいお店《みせ》があります。
お客《きゃく》さまのため、
世界《せかい》でひとつだけのドレスを作《つく》る
アミとミアのドレスショップです。
「今日《きょう》のお客《きゃく》さまはどんな人《ひと》かな」
アミがまどの外《そと》を見《み》ていると、
ミアがペンダントを
かけてくれました。

「はい、おまもり」

ミアのむねにも同《おな》じペンダントが光《ひか》っています。

「わあ、ジュエルがくれた宝石《ほうせき》だ」

「うん、こうしたらいつでも身《み》につけていられるでしょ」

「ありがとう！　これを見《み》たら、
ふたりの冒険《ぼうけん》を思《おも》い出《だ》して、勇気《ゆうき》がわいてくるね」

アミはペンダントをギュッとにぎりしめました。

そのとき、トントン、とノックの音《おと》がしました。

「**お客《きゃく》さま！**」

アシスタントの動物《どうぶつ》たちがドアをあけると……。
そこに立《た》っていたのは、
ふたりのさいしょの
お客《きゃく》さま
小《ちい》さなモンスターの
ジュエルでした。
「ぼく、ふたりに
あいたくて、
あそびにきちゃったの」

ジュエルはお店《みせ》の中《なか》を見《み》まわして、
感心《かんしん》したように大《おお》きなため息《いき》をつきました。
「はあ〜、すごくかわいいお店《みせ》だねえ」
「どうもありがとう」
そのとき、もういちどノックの音《おと》がしました。
トントン
「こんどはきっと、ほんとうのお客《きゃく》さま！」
アミとミアが、こえを合《あ》わせて言《い》うのと同時《どうじ》に
いきおいよくお店《みせ》のドアがあきました。

2 プリンセスはバレリーナ

ドアの前《まえ》に立《た》っていたのは、
目《め》をキラキラさせた女《おんな》の子《こ》でした。
「こんにちは！
わたしは
にじの国《くに》、
プリズム王国《おうこく》のプリンセス、
ナナ。
ここにくれば、世界《せかい》でひとつだけの、
わたしにぴったりのドレスを

作《つく》ってもらえるって聞《き》いたんだけど」

ナナは、お店《みせ》の中《なか》にはいるのもまちきれないように、ぴょんぴょんと、とびはねながら言《い》いました。

「もちろんです。どんなドレスがおのぞみですか？」

「バレエのいしょうを作《つく》ってほしいの！」

ナナはプリズム王国《おうこく》バレエ団《だん》のバレリーナでした。

といっても、まだ見《み》ならいのれんしゅう生《せい》です。

「わたし、はじめて主役《しゅやく》をおどるの！

この役《やく》をどうしてもおどりたくて、

だれよりもたくさんれんしゅうしたの」

「わあ、おめでとう」

ナナのはずんだこえを聞《き》いていたら、アミとミアまでウキウキしてきました。
ナナがおどるのは〈にじの少女《しょうじょ》〉。**『にじのゆめ』**という
ものがたりの主役《しゅやく》です。
「〈にじの少女《しょうじょ》〉の役《やく》は、お母《かあ》さまがわたしと同《おな》じ年《とし》のころに
おどった役《やく》なの！　お母《かあ》さまはわたしが小《ちい》さいころに
なくなってしまったのだけど……」
でも、ナナは元気《げんき》にむねをはります。
「わたしはお母《かあ》さまのバレエが大《だい》すきだったの。
ほんとうにすてきで、どんなに元気《げんき》がない人《ひと》も

お母《かあ》さまのバレエを見《み》たら笑顔《えがお》になれた。
わたしも、お母《かあ》さまのように、
みんなを笑顔《えがお》にできる
バレリーナになりたいの」
それを聞《き》いて、アミとミアは
大《おお》きなこえで言《い》いました。
「まかせて！　わたしたち、
ナナのためにさいこうに
すてきないしょうを作《つく》るよ」

3 ゆめのチュチュ

「これがお母《かあ》さまが
〈にじの少女《しょうじょ》〉を
おどったときの写真《しゃしん》」
ナナはたいせつそうに
一枚《いちまい》の写真《しゃしん》を
とり出《だ》しました。
そこにうつっているのは、
ナナとよくにた女《おんな》の子《こ》。
でも、ナナよりすこしおとなっぽい

しずかなイメージです。

「このいしょうをきたいんだけど、どこをさがしても見《み》つからないの。同《おな》じいしょうを作《つく》れる?」

「わたしたちにまかせて!」

アシスタントがもってきた本《ほん》でバレエのことを調《しら》べながら、アミは『ひみつのおしゃれノート』にデザイン画《が》をかいていきます。

「ナナのお母《かあ》さまのいしょうはロマンチック・チュチュっていうんだね。材料《ざいりょう》はやわらかなチュール」

デザインができたらミアの出番《でばん》です。

ナナに合《あ》わせたかた紙《がみ》を作《つく》り、にじ色《いろ》のチュールを何枚《なんまい》もかさね、たくさんのビーズをぬいつけていきます。

「さあ、完成《かんせい》！」

ミアが広《ひろ》げてみせたいしょうを見《み》て、ナナはうれしそうにこえをあげました。

いろいろなチュチュ

バレエのスカートのようないしょうを、チュチュといいます。
バレエの演目《えんもく》（プログラム）やどう見《み》せたいかなどによって、
どのチュチュをきるのかがきまります。

オペラ・チュチュ

ふわっと広《ひろ》がるチュチュ。
ひざよりもすこしみじかいくらいの長《なが》さのスカート。

ジョーゼット

ふわふわとかるい、ジョーゼットという布《ぬの》で作《つく》られる。
むねの下《した》あたりから長《なが》いスカートになっている。

クラシック・チュチュ

スカートがよこに大《おお》きく広《ひろ》がる。
足《あし》のうごくようすがよく見《み》える。

ロマンチック・チュチュ

ふんわりとした長《なが》いスカート。
やさしいイメージのバレエできることがおおい。

「すてき！　お母《かあ》さまのチュチュとそっくり」
「ナナ、このいしょうにきがえて
まほうのかがみの前《まえ》に立《た》ってみて」
「まほうのかがみ？」
「ええ、自分《じぶん》にぴったりのおしゃれをした人《ひと》がうつると
キラキラかがやくの」
すこし不安《ふあん》そうなナナがかがみの前《まえ》に立《た》つと、
ミアがまほうのことばをとなえました。
「ミラミラミラクルかがやけかがみ」

けれど、かがみはだまりこくったままです。

「わたしは〈にじの少女《しょうじょ》〉にふさわしくないのね。お母《かあ》さまみたいなバレリーナにはなれないんだ」

ナナはしょんぼりとうつむいてしまいました。

「いったいなにがいけないんだろう」

写真《しゃしん》を見《み》ながらかんがえこむアミに、ミアが言《い》いました。

「ねえ、もしかしたら、材料《ざいりょう》じゃない？

ナナのお母《かあ》さまのチュチュのチュールは、

見《み》たこともないほどうすくてふんわりしているし、
ビーズももっとキラキラしているわ」

たしかにミアの言《い》うとおりです。

「でも、こんなにきれいなチュール、
どこで手《て》にはいるんだろう？」

そのとき、ナナがパチンと手《て》をたたきました。

「空《そら》のまじょのところだ！」

「空《そら》のまじょ？」

「プリズム王国《おうこく》の空《そら》の上《うえ》にすんでいるまじょなの。

空《そら》を切《き》りとって
布《ぬの》を作《つく》る力《ちから》をもっているの。
その布《ぬの》で作《つく》ったドレスは、
それはそれは
うつくしいんだって」
それからナナは、
ハッとしたように言《い》いました。
「お母《かあ》さまがきていた
〈にじの少女《しょうじょ》〉のいしょうが

どこにもないのも、きっとそのせいだわ！」
「どういうこと？」
「空《そら》のまじょが作《つく》った布《ぬの》はそのやくめがおわると
空《そら》にもどっちゃうの。
だから、〈にじの少女《しょうじょ》〉のいしょうも、
お母《かあ》さまがなくなったとき、いっしょに消《き》えちゃったんだ」
「それじゃあ、空《そら》のまじょのところに行《い》って、
布《ぬの》を作《つく》ってもらわなくちゃ」
アミはいきおいこんで立《た》ち上《あ》がりました。

けれど、ナナはくらい顔《かお》でくびをふりました。

「それはむり。空《そら》のまじょはとても気《き》むずかしくて、雲《くも》のお城《しろ》にこもったきり。だれとも会《あ》おうとしないの」

いったいどうしたらいいのでしょう。

「それでも、会《あ》いに行《い》ってみようよ」

アミが言《い》いました。

「そうね、やってみなくちゃわからないものね。でも雲《くも》のお城《しろ》には、どうやって行《い》けばいいのかしら」

「それならかんたん」

ナナが言《い》いました。
「プリズム王国《おうこく》には、
空《そら》までとどく塔《とう》があるの。
その塔《とう》をのぼっていけば
雲《くも》のお城《しろ》にたどりつけるはず」
「ナナ、あんないしてくれる？」
「やってみるよ。
わたしも空《そら》のまじょにおねがいしてみる！」
三人《さんにん》は大《おお》いそぎで出発《しゅっぱつ》しました。

4 空《そら》のまじょに会《あ》いに行《い》こう

かがみの国《くに》のお城《しろ》の庭《にわ》には
ふしぎな門《もん》があります。
「ここを通《とお》れば、すきな国《くに》に
行《い》くことができるの。
プリンセスはみんなこの門《もん》の
カギをもっているのよ」
ミアが門《もん》をあけると、
そこはもうプリズム王国《おうこく》でした。
明《あか》るい光《ひかり》にあふれ、あちこちに

にじがかかっています。
「あれが空《そら》にのぼる塔《とう》」
石《いし》づくりのほそ長《なが》い塔《とう》をナナがゆびさしました。

「ドアもまどもないよ。どうやって中《なか》にはいるの？」

「バレエ学校《がっこう》の地下室《ちかしつ》とつながっているの。ついてきて」

地下室《ちかしつ》のひみつのつうろをぬけると、空《そら》にのぼる塔《とう》のらせんかいだんがあらわれました。

「このかいだんをのぼるんだよ」

あかりひとつない、せまいかいだんを三人《さんにん》はこわごわのぼっていきます。

「いつになったらたどりつくんだろう」

いつまでもつづく
まっくらやみに
不安《ふあん》になってきたころ、
あたりがすこしずつ
明《あか》るくなってきました。
「かべやかいだんが
すきとおってきているんだ！」
やがて空《そら》にのぼる塔《とう》は
すっかりとうめいになって

消《き》えてしまい、
三人《さんにん》は雲《くも》の上《うえ》に立《た》っていました。
むこうに
キラキラ光《ひか》るお城《しろ》が見《み》えます。
「うら口《ぐち》から
こっそりしのびこもう」
お城《しろ》の中《なか》は、シンと
しずまりかえっていました。
長《なが》いろうかの先《さき》に

りっぱなドアが見《み》えます。
「きっとあれが空《そら》のまじょのへやだよ！」
ナナがいきおいよくドアにかけよったとたん、
ジリリリリリリリ……！
耳《みみ》をつんざくような音《おと》がなりひびきました。
「あやしいヤツらめ！」
かくれるまもなく、みはりの妖精《ようせい》たちが
あちこちからあらわれ、アミとミアとナナは
ろうやにとじこめられてしまったのです。

5 妖精《ようせい》たちのバレエ教室《きょうしつ》

「ねえ、わたしたち
空《そら》のまじょに会《あ》いたいの。
おねがい、ここから出《だ》して」
ミアが妖精《ようせい》にたのみました。
「空《そら》のまじょは
だれにも会《あ》わないよ」
妖精《ようせい》はつめたく言《い》って、
でも、そのあとでちょっとこえを
ひそめてナナにささやきました。

「ねえ、その服《ふく》、すごくすてき」

「チュチュっていうの。バレエのいしょうなんだよ」

それを聞《き》いて、妖精《ようせい》の目《め》がかがやきました。
「バレエ！　こんな服《ふく》をきておどったら
すごく楽《たの》しいでしょうねえ。
ちょっと近《ちか》くで見《み》てもいい？」
鉄《てっ》ごうしのすきまから
ろうやの中《なか》にはいってきた妖精《ようせい》を見《み》て、
アミとミアは顔《かお》を見《み》あわせました。
（おしゃれの力《ちから》でここをぬけだせるかも）
ミアは、やさしく妖精《ようせい》に話《はな》しかけました。

「わたしたち、あなたにチュチュを作《つく》ってあげることができるわ」

「ほんとう？」

「ええ、荷物《にもつ》をかえしてくれたらね」

妖精《ようせい》に荷物《にもつ》をかえしてもらったアミは、いそいそと『ひみつのおしゃれノート』をとり出《だ》します。

「羽《はね》と同《おな》じ色《いろ》のブルーのチュチュにビーズは目《め》の色《いろ》と同《おな》じむらさき。きっとよくにあうよ」

アミのかいたデザイン画《が》を見《み》て、妖精《ようせい》は大《おお》よろこび。
「ナナ、チュールやビーズをすこしもらえる？」
ミアは、おさいほう道具《どうぐ》をとり出《だ》すと、
ナナのチュチュの
ブルーの部分《ぶぶん》をチョキチョキと
切《き》りとり、あっというまに、
小《ちい》さなかわいいチュチュを
ぬいあげました。
「バレリーナに

なったみたい」
妖精《ようせい》はうれしそうに、
空中《くうちゅう》をとびまわります。
そのこえに、
ほかの妖精《ようせい》たちも
あつまってきました。
「わたしにも作《つく》って」
「わたしも、わたしも」
アミとミアは大《おお》いそがし。

妖精《ようせい》たちひとりひとりに
ぴったりのいしょうを次々《つぎつぎ》と作《つく》っていきました。
「わたしバレリーナだよ」
チュチュをきた
妖精《ようせい》たちは、
バレエのまねをして
クルクルまわり、
ひっくりかえったり、
空中《くうちゅう》でぶつかったり、

大《おお》さわぎです。

「ナナにバレエをおしえてもらったらいいよ」

アミが言《い》いました。

「ナナはバレリーナなんだから」

「ほんとう⁉　バレエをおしえてくれる？」

妖精《ようせい》たちにたずねられたナナは
うなずいてこたえます。

「ここはせまくておどれないから外《そと》に出《だ》してくれる？」

妖精《ようせい》たちはわれ先《さき》にとカギをあけて、

三人《さんにん》をろうやから出《だ》してくれました。

「じゃあ、わたしが小《ちい》さいころにならった曲《きょく》をおどるね。

『妖精《ようせい》のダンス』っていうんだよ」

ナナのバレエは明《あか》るくてかろやかで、見《み》ているだけで
ウキウキと楽《たの》しいきもちになってきます。

「ナナは、本物《ほんもの》の妖精《ようせい》みたいだね」

「羽《はね》もないのに飛《と》んでいるように見《み》えるね」

妖精《ようせい》たちはうっとりとナナを見《み》つめます。

「それじゃあ、さいしょのポーズをおしえるね。

それができたら回転《かいてん》、ジャンプ。
わたしのまねをしてみて」
妖精《ようせい》たちはピカピカのかべに
自分《じぶん》のすがたをうつして
ポーズのれんしゅうをはじめました。
「ナナ、今《いま》のうちに」
三人《さんにん》はそっとにげ出《だ》しましたが、
バレエにむちゅうの妖精《ようせい》たちは
だれひとり気《き》がつきません。

ろうかを走《はし》り、まじょのへやに
いきおいよくむかっていくナナを、ミアがとめました。
「まって！　さっき、ドアに近《ちか》づいたとたんに
ベルがなり出《だ》したでしょ。
これはワナなんじゃない？」
よく見《み》ると、ドアの前《まえ》だけ、ゆかの色《いろ》がちがいます。
「そうか、ここをふむとベルがなるんだ！」
三人《さんにん》はかんがえこみました。
ドアにはノブのかわりに、おしボタンがついています。

「ゆかをふまずにあのボタンをおせたら
ドアをあけることができそうだけど」

「そうね、でも妖精《ようせい》みたいに飛《と》べないとムリ」

そこまで言《い》って、アミとミアは顔《かお》を見《み》あわせました。

「ナナのジャンプ！」

「え⁉」

ナナはドアを見《み》つめてゴクンとツバをのみこみます。

「わたしに、できるかな」

しっぱいすれば、ドアがあく前《まえ》に

ベルがなり出《だ》して、またつかまってしまいます。

こわくてうごけずにいるナナの手《て》を
アミとミアがギュッとにぎりしめました。

「ナナならきっとできるよ」

「わたしたちがいっしょにいるから、だいじょうぶ」

ナナはうなずいて大《おお》きくしんこきゅうしました。

「わかった。やってみる」

ナナはステップをふみ、かた足《あし》でゆかをけってジャンプ。

そして、空中《くうちゅう》で大《おお》きく手足《てあし》を広《ひろ》げました。

すっとのびたゆびさきがボタンにふれます。
「やった！」
ドアがあき、ベルがなり出《だ》すよりはやく、
三人《さんにん》はへやの中《なか》にすべりこみました。

アミとミアの
プリンセス・ドレス
かがみの国《くに》のときめきジュエル
ためし読《よ》みはコチラ
4月《がつ》発売予定《はつばいよてい》!
第《だい》2弾《だん》
『アミとミアのプリンセス・ドレス
にじの国《くに》のきらめくバレリーナ』
おたのしみに!!
この子《こ》が登場《とうじょう》するよ♡

5歳《さい》～中学年《ちゅうがくねん》

文：和田 奈津子／絵：七海喜 つゆり
上製／88ページ／定価1，375円

はじめての"ひとり読《よ》み"に！

おしゃれ！ かわいい！ 夢《ゆめ》と友情《ゆうじょう》の成長《せいちょう》ストーリー

ドレスのデザインが大《だい》すきなアミと、かがみの国《くに》のプリンセス、ミアがまほうのかがみの力《ちから》で出会《であ》いました。

ふたりは、自分《じぶん》にぴったりのきらきらのプリンセス・ドレスを作《つく》ることになったのですが――。

勇気《ゆうき》と、友情《ゆうじょう》、かわいいなかまたち。

くふうをこらして、とびっきりのドレスを作《つく》れるかな？

このふたりががんばるよ☆

アミ
おしゃれなドレスの絵《え》をかくのが大《だい》すき♡ 夢《ゆめ》はファッションデザイナーになること。

ミア
どんなものでも作《つく》れちゃう、かがみの国《くに》のプリンセス。ドレスショップを開《ひら》くのが夢《ゆめ》。

絵《え》がいっぱい！ すいすい読《よ》める！

おしゃれコラム♡

3歳《さい》～6歳《さい》

おしゃれに目覚《めざ》めた子《こ》の「もっと！」を叶《かな》える

作：nikki／上製／32ページ／定価1，540円

ときめき♡きせかえ絵本《えほん》

みつごのようせい サラ・ピケ・モコ、お世話係《せわがかり》のポニが暮《く》らす小《ちい》さなおうちは、魔法《まほう》のドレス屋《や》さん。
みつごたちが作《つく》ったおしゃれなアイテムで、
おしゃれになりたい子《こ》の願《ねが》いを叶《かな》えます。
リボンの結《むす》び方《かた》や宝石《ほうせき》の種類《しゅるい》などの
おしゃれポイントも盛《も》りだくさん！
かわいいものが好《す》きな子《こ》の憧《あこが》れが詰《つ》まった1冊《さつ》です。

みつドレ☆ときめきキャンペーン実施中《じっしちゅう》！

抽選《ちゅうせん》で絵本《えほん》の中《なか》のおしゃれアイテムが当《あ》たる！

人気《にんき》アパレルブランドとコラボ！
BeBe
SLAP SLIP

絵本《えほん》に登場《とうじょう》するアイテムを使《つか》ったおしゃれコーデが実際《じっさい》に楽《たの》しめる!!　オリジナルコラボ商品《しょうひん》を抽選《ちゅうせん》で63名様《めいさま》にプレゼント！　郵便《ゆうびん》はがきかKADOKAWA《カドカワ》アプリで応募《おうぼ》できます。

2025年《ねん》5月《がつ》31日《にち》(土《ど》)まで

詳《くわ》しくは
コチラ▶▶▶

きせかえ♡フォトフレーム

KADOKAWA《カドカワ》アプリで配信中《はいしんちゅう》！

アプリで絵本《えほん》のカバーイラストを読《よ》み取《と》ると、特製《とくせい》フォトフレームが表示《ひょうじ》され、絵本《えほん》の中《なか》のドレスを着《き》ているような写真《しゃしん》が撮《と》れます！

2025年《ねん》
8月《がつ》31日《にち》(日《にち》)まで

詳《くわ》しくは▲
KADOKAWA《カドカワ》
アプリを
ご確認《かくにん》ください

6
いじわるな空《そら》のまじょ

へやの中《なか》に立《た》っていたのは、
冬《ふゆ》の空《そら》のような青《あお》い目《め》をした
女《おんな》の人《ひと》でした。

「おまえたちはだれだい？
わたしになんの用《よう》だい」

氷《こおり》のようにつめたい目《め》で
にらまれて、
三人《さんにん》ともふるえあがり
こえが出《で》ません。

そのとき、ジュエルがくれた宝石《ほうせき》で作《つく》ったペンダントが
キラリと光《ひか》りました。
「そうだ、わたしたちならなんだってできる」
アミは、まじょのつめたい目《め》を

まっすぐに見《み》て言《い》いました。
「わたしたち、ドレス屋《や》さんなんです。
お客《きゃく》さまのために、世界《せかい》でひとつだけの、
その人《ひと》にぴったりのドレスを作《つく》るのが
仕事《しごと》なんです。
わたしたち、ナナのために
バレエのチュチュを作《つく》りたいんです」
「ふん、それじゃあその、
ボロボロのチュチュを作《つく》ったのが

おまえたちというわけかい」
まじょがジロリとナナのことを見《み》つめ、
アミとミアはまっ赤《か》になりました。

だって、妖精《ようせい》たちのためにチュールを
あちこち切《き》りとったせいで、ナナのチュチュは
すっかりみすぼらしくなってしまっていたのです。

「それで、そのドレス屋《や》がわたしになんの用《よう》なんだい」

「空《そら》の布《ぬの》をすこしいただきたいんです」

ミアがていねいにたのみます。

「ナナは〈にじの少女《しょうじょ》〉をおどるんです。空《そら》の布《ぬの》は、〈にじの少女《しょうじょ》〉のチュチュにきっとぴったりだと思《おも》うんです」

「〈にじの少女《しょうじょ》〉だって……。

おまえが〈にじの少女《しょうじょ》〉を
おどるっていうのかい」
まじょは、ナナのことをじっと見《み》つめました。
「ふむ、それじゃあ、おどってみせておくれ。
おまえの〈にじの少女《しょうじょ》〉が気《き》にいったら空《そら》の布《ぬの》をわけてやろう」
それを聞《き》いてアミとミアは大《おお》よろこび。
「ナナのおどりならきっと気《き》にいるわ」
でも、ナナは青《あお》ざめた顔《かお》でうつむいています。

「わたし、〈にじの少女《しょうじょ》〉がまだうまくおどれないの。

お母《かあ》さまのおどる〈にじの少女《しょうじょ》〉はとてもゆうがで、
みんなをまもってくれる女神《めがみ》さまみたいだった。
でも、どんなにれんしゅうしても
お母《かあ》さまみたいにはおどれない。
お母《かあ》さまと同《おな》じチュチュをきたら、
同《おな》じようにおどれるんじゃないかと思《おも》ったんだけど……」
「だいじょうぶ、ナナならきっとできるよ」
アミとミアに勇気《ゆうき》づけられて、
ナナはおずおずとおどりはじめました。

「ゆうがに、お母《かあ》さまみたいに……」
パンパン
空《そら》のまじょが手《て》をたたきました。
「ひどいおどりだね。もうけっこうだよ」
まじょはイライラしたようすで
首《くび》をふりました。
「おまえたちに空《そら》の布《ぬの》は
やれないよ。さっさとおかえり」
三人《さんにん》は、お城《しろ》の外《そと》にほうり出《だ》されてしまいました。

7 ナナのバレエ

「空《そら》のまじょの言《い》うとおり、
ひどいおどりだった。
やっぱりわたし、
お母《かあ》さまみたいになれない……」
ナナの目《め》から
なみだがポロリとこぼれました。
「もう、バレエはやめる」
そのときです。
「やめないで！」

おいかけてきた妖精《ようせい》たちが
ナナをとりかこんだのです。
「バレエが大《だい》すきなの。もっとおどってみせて」
妖精《ようせい》たちを見《み》ているうちに、ナナのむねの中《なか》に、
小《ちい》さなころの思《おも》い出《で》がよみがえってきました。

♥

「わたしもお母《かあ》さまみたいなバレリーナになれる？」

ナナがたずねると、お母《かあ》さまはわらってこたえました。

「ナナはおどることがすき？」

「うん、大《だい》すき」

「それなら、ナナはナナらしいバレリーナになればいいわ」

「ナナらしいバレリーナ？」

「お母《かあ》さまのまねはしなくていいの。

わたしはナナのバレエが大《だい》すきよ」

♥

「やっぱり、バレエをやめるなんてできるわけない。

だって、わたしはおどることが大《だい》すきなんだから」

ナナは立《た》ち上《あ》がり、〈にじの少女《しょうじょ》〉のダンスをおどりはじめました。

にじのゆめ

大《おお》むかし、プリズム王国《おうこく》では人《ひと》も妖精《ようせい》も
なかよくしあわせにくらしていました。
けれどある日《ひ》、＜やみのまおう＞がプリズム王国《おうこく》を
まっくらな世界《せかい》にかえ、
おとなたちはねむってしまいました。
〈にじの少女《しょうじょ》〉は、子《こ》どもたちや妖精《ようせい》たちと
力《ちから》を合《あ》わせて〈まおう〉とたたかい、
プリズム王国《おうこく》に光《ひかり》をとりもどしたのです。

「〈まおう〉とたたかうお母《かあ》さまはとてもすてきだった」

ナナは、小《ちい》さなころに見《み》た『にじのゆめ』を思《おも》い出《だ》します。

「わたしはお母《かあ》さまみたいにゆうがでもないし、強《つよ》くもない。でも、わたしのやり方《かた》でみんなの笑顔《えがお》をまもるんだ」

ナナは〈にじの少女《しょうじょ》〉になりきっておどります。

なくなったお母《かあ》さまやバレエ団《だん》の友《とも》だち……大《だい》すきな人《ひと》たちみんなが自分《じぶん》といっしょにたたかってくれているようでした。

そのとき、大《おお》きなはくしゅの音《おと》がひびきました。
「すばらしかったよ」
そこに立《た》っていたのは空《そら》のまじょでした。

まじょはナナに言《い》いました。
「もう、ずいぶん前《まえ》のことだがね、
おまえのように、
空《そら》の布《ぬの》をわけてほしいと
たずねてきたむすめがいたよ」
「え？」
「そのむすめも、自分《じぶん》には
〈にじの少女《しょうじょ》〉は
うまくおどれないだの、

バレエをやめるだの、メソメソしていたっけね」

　まじょはおもしろそうにわらいました。

「そのむすめがおどる〈にじの少女《しょうじょ》〉は、たいそううつくしかった。ゆうがでやさしくて、みんなをまもる女神《めがみ》さまみたいだったよ」

　アミとミアは顔《かお》を見《み》あわせました。

「ナナのお母《かあ》さま……」

「だがね、ナナ、おまえの〈にじの少女《しょうじょ》〉はちがう。弱《よわ》くてカッコ悪《わる》い、けれどけっしてにげ出《だ》さない。たいせつなもののためにジタバタとがんばる〈にじの少女《しょうじょ》〉だ」

空《そら》のまじょはそう言《い》うと、
ナナの頭《あたま》を
やさしくなでてくれました。
「おまえはおまえの
バレエをおどるんだよ」
それからまじょはアミと
ミアのほうをむいて言《い》いました。
「さて、おまえたち、
空《そら》の布《ぬの》がほしいんだろう」

「はい！」

ふたりはとびあがります。

「ついておいで」

まじょは雲《くも》のかいだんをのぼっていきました。

「昔《むかし》と同《おな》じようにこのにじを切《き》りとって、空《そら》の布《ぬの》を作《つく》ってやろうか」

まじょがはさみをとり出《だ》したとき、

「まって、すてきなアイデアを思《おも》いついたの」

アミが目《め》をキラキラさせて言《い》いました。

「あのね、いろんな色《いろ》の空《そら》を切《き》りとってほしいんです。
夜《よ》あけのうすむらさきの空《そら》、夏《なつ》の朝《あさ》のまっ青《さお》な空《そら》、

夕方《ゆうがた》のオレンジの空《そら》、オーロラの緑色《みどりいろ》の空《そら》……」
雲《くも》のかいだんの上《うえ》からは、世界《せかい》じゅうのあらゆる時間《じかん》、
あらゆるお天気《てんき》の空《そら》に手《て》がとどくのです。
「なんてぜいたくな願《ねが》いなんだい」
まじょはあきれたように言《い》って、
それから「ふん」と鼻《はな》をならしました。
「まあ、いいだろう」
まじょは色《いろ》とりどりの空《そら》を切《き》りとり、
それだけでなく、光《ひかり》の粒《つぶ》で作《つく》ったビーズを

大《おお》きなびんいっぱいに、
つめてくれました。
「さあ、とっとおかえり」
「ありがとうございます」
はずむような足《あし》どりで
かえっていく
三人《さんにん》のうしろすがたを
空《そら》のまじょはいつまでも
見《み》つめていました。

8 ナナのチュチュを作《つく》りましょ！

「ねえ、アミ、お母《かあ》さまのチュチュはすてきだけど、ナナににあういしょうとはちがう気《き》がするの」

ドレスショップにかえると
ミアが言《い》いました。

「わたしも同《おな》じことを思《おも》ってた！」

アミもうなずきます。

「ナナ、これを見《み》て」

アミがかいた新《あたら》しいデザイン画《が》を見《み》て、
ナナの顔《かお》がぱっと明《あか》るくなりました。
「うわあ、かわいい！」
「すてき！　これならナナにぴったりね」
ミアも手《て》をたたいて、空《そら》のまじょからもらった布《ぬの》で
チュチュをぬいあげていきます。
できあがったのは、みじかいスカートが
ひまわりの花《はな》のように広《ひろ》がったクラシック・チュチュでした。
すこしずつ大《おお》きさのちがう円《えん》がかさなって、

まるで大《おお》きなまるいにじのように見《み》えます。

「さあ、はやくきてみて」

新《あたら》しいチュチュにきがえたナナの足《あし》は、
まちきれないようにステップをふんでいます。

「はやく、このいしょうで〈にじの少女《しょうじょ》〉をおどりたい！」

そのとき、ジュエルがはずかしそうに言《い》いました。

「ねえ、これをティアラにつけたら、すてきだと思《おも》うの」

ジュエルがさし出《だ》したのは、にじのように光《ひか》るオパールです。

「ありがとうジュエル」

オパールをはめこんだティアラを頭《あたま》にのせ、
ナナはかがみの前《まえ》に立《た》ちました。

「ミラミラミラクルかがやけかがみ」

かがみはキラキラとまぶしくかがやきはじめました。

9

きらめくにじの少女《しょうじょ》、ナナ

『にじのゆめ』の本番《ほんばん》の日《ひ》。

アミとミア、それにジュエルは、ワクワクしながらげきじょうへむかいました。

舞台《ぶたい》の幕《まく》があきました。
プリズム王国《おうこく》のしあわせな日々《ひび》のシーンに
だれもが楽《たの》しいきもちになってきます。

そのとき、ステージがくらくなりました。
〈やみのまおう〉があらわれたのです。
みんながかたずをのんで見《み》まもるなか、
〈やみのまおう〉との対決《たいけつ》シーンがやってきました。
ナナは、雲《くも》のお城《しろ》でとんだように高《たか》くジャンプしました。
「わああ」
チュチュがにじのように広《ひろ》がり、
ビーズから光《ひかり》がこぼれます。
〈まおう〉はたおれました。

「ナナ！　ブラボー」
「すばらしい〈にじの少女《しょうじょ》〉だ」
「あんなすてきなチュチュ、
はじめて見《み》た」
「ナナさまにぴったりだったね」
みんなの話《はな》しごえを聞《き》いて、
アミとミアは
ほっぺたをピンクにして
にっこりとわらいました。

10 キラキラのみらいにむかって

次《つぎ》の日《ひ》、ドレスショップに
あらわれたアミは何冊《なんさつ》もの
スケッチブックをかかえていました。
「ナナのバレエを見《み》たら、
わたしももっとがんばりたく
なっちゃって、ひとばんじゅう、
これをかいてたの」
スケッチブックは
ドレスのデザイン画《が》でいっぱいです。

「アミ、わたしも同《おな》じ！」
アミの言葉《ことば》を
聞《き》いて、
ミアも言《い》いました。
アトリエのテーブルの上《うえ》には、
たくさんの布《ぬの》やリボン、ビーズ、
それに作《つく》りかけのドレスが
広《ひろ》げたままになっています。

「わたしも、ナナのバレエを見《み》ていたら、
もっとがんばれるような気《き》がしてきて、
気《き》がついたら
朝《あさ》までドレスを作《つく》っていたの」
ふたりは顔《かお》を見《み》あわせてわらいました。
「ナナがナナのバレエをおどったみたいに、
わたしたちも、わたしたちにしか作《つく》れない
世界《せかい》でたったひとつのドレスを作《つく》ろうね」

アミとミアの作《つく》ったチュチュをきたナナが、
プリンシパルとしておどる日《ひ》は、きっともうすぐです。

みつあみをあんでみよう♡

かわいいみつあみがあめれば、おしゃれなかみがたに！
まずはれんしゅうをしてみましょ！

✦ようい するもの✦

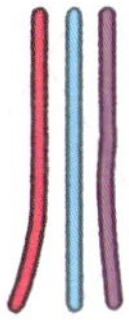

リボンやひも 3本《ぼん》

それぞれ 30 ～ 40 センチメートル
くらいあるとれんしゅうしやすいよ。
色《いろ》をかえるとわかりやすい。

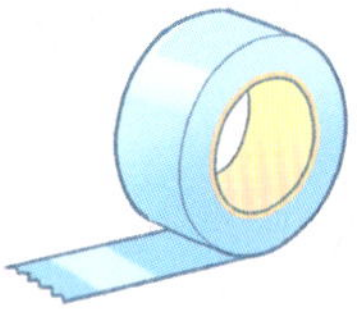

テープ

テーブルなどに
はりつけるよ。

✦みつあみのあみかた✦

1

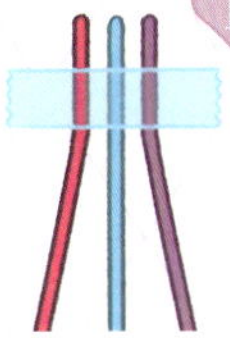

ひも（リボン）を、テーブルなどにはりつけます。

2

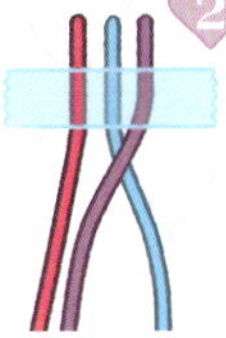

いちばん右《みぎ》のひもを、まん中《なか》にもってくる。

3

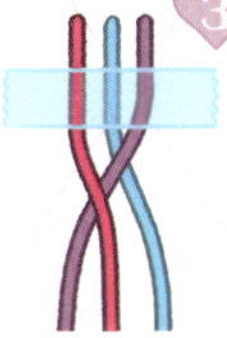

いちばん左《ひだり》のひもを、まん中《なか》にもってくる。

4

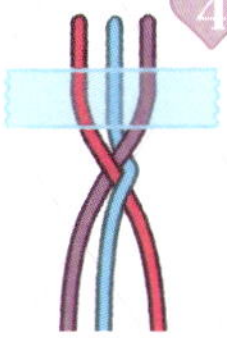

いちばん右《みぎ》のひもを、まん中《なか》にもってくる。

5

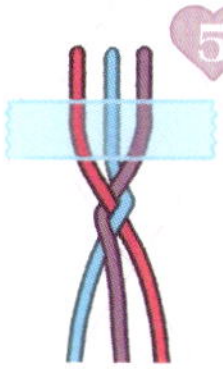

左《ひだり》のひもを、まん中《なか》に。これをくりかえす。

6

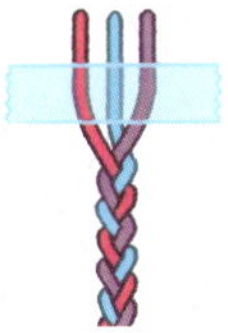

どんどんくりかえすと、みつあみになるよ！　たくさんれんしゅうしてね。

みつあみで、かみがたアレンジ★

アミとミアのプリンセス・ドレス
にじの国《くに》のきらめくバレリーナ

文／和田《わだ》 奈津子《なつこ》
絵／七海喜《なみき》 つゆり

2025 年 4 月 23 日　初版発行

発行者
山下直久

発行
株式会社 KADOKAWA

〒102-8177
東京都千代田区富士見 2-13-3

電話　0570-002-301（ナビダイヤル）

印刷・製本　TOPPANクロレ株式会社

デザイン　渡邊 萌（primary inc.,）

お問い合わせ
https://www.kadokawa.co.jp/（「お問い合わせ」へお進みください）
※内容によっては、お答えできない場合があります。
※サポートは日本国内のみとさせていただきます。
※Japanese text only

Printed in Japan
ISBN 978-4-04-115529-5　C8093

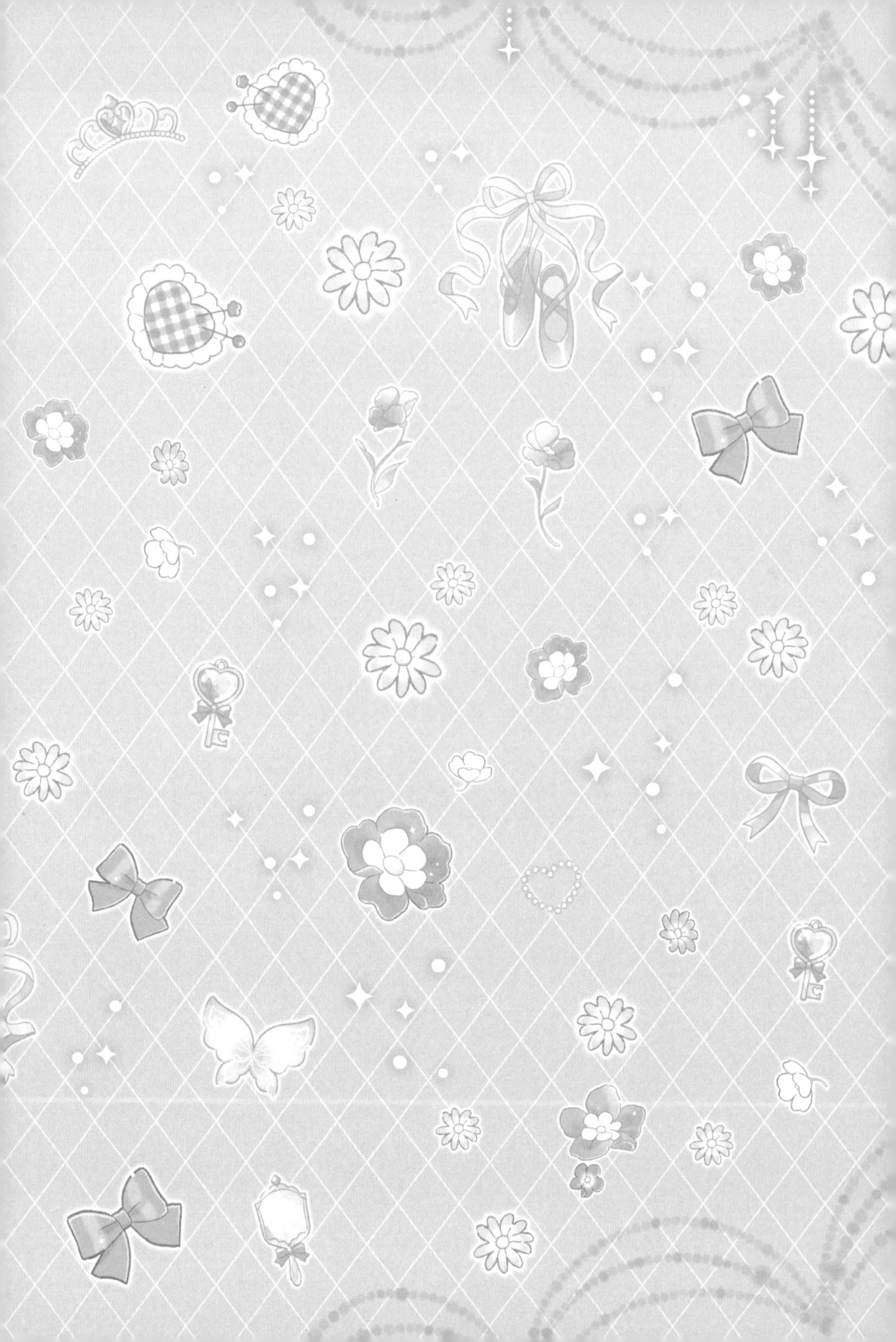